AF396594

22632

Ie

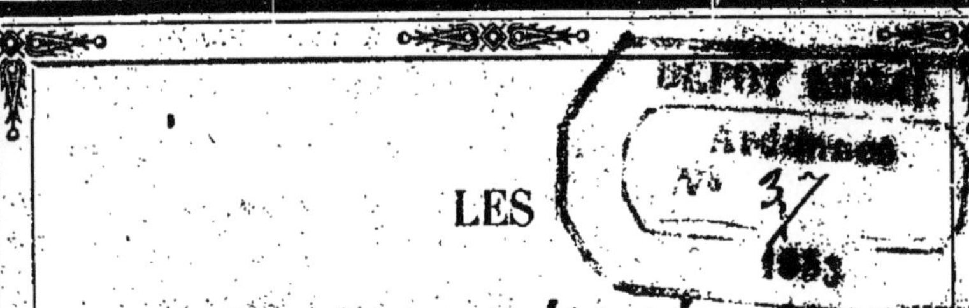

LES
HEURES DE RÉCRÉATION
DE L'OUVRIER.

CHANSONS

Par Jules Sossin.

JANVIER 1854.

SE VEND

A CHARLEVILLE,

Chez DOMINÉ, Libraire, Grande Rue, 48;

ET

A MÉZIÈRES,

Chez VINOT, Libraire.

IMP. DE LELAURIN-MARTINET, A MÉZIÈREF.

PRÉFACE.

Avant de livrer ces quelques pages à la publicité, nous éprouvons le besoin d'adresser quelques mots au monde chantant.

Nos chansons, fruits des veilles d'une muse naissante, passeront, comme bien d'autres, dans le domaine de la critique. Peut-être les rimes n'en seront pas jugées assez riches ; mais nous n'hésitons pas à proclamer qu'il vaut beaucoup mieux immoler la richesse de la rime à la pensée, que d'immoler la pensée à la richesse de la rime ; et nos chansons, si elles ne sont pas écrites avec talent, le seront du moins avec cœur.

Vivant au milieu des travailleurs, par-

tageant avec eux leurs travaux, nous sommes
peut-être plus à même que tout autre, de
connaître les émotions qu'il leur faut.

Que de fois à nous-même la chanson n'a-
t-elle pas fait passer plus agréablement les
heures de nos rudes travaux ! Aussi c'est
une bien douce tâche pour nous, quand,
après un beau jour qu'a rempli le travail,
nous consacrons quelques heures à chanter
l'ouvrier !

Puissent nos chants lui faire oublier
quelques chagrins, et essuyer de ses yeux
quelques pleurs !

Jules FOSSIN.

AUX OUVRIERS.

Air de : *T'en souviens-tu?*

Vous dont le bras fournit à la famille,
Que Dieu vous donne un pain de chaque jour;
Que sur vos fronts la joie, la gaîté brille,
Voici venir le printemps et l'amour.
Prêtez l'oreille aux accents de ma lyre,
Ces doigts meurtris, qui la feront plier
Après le jour, viendront, j'aime à le dire, } *bis.*
Se délasser en chantant l'ouvrier.

Près du foyer ma muse soupirante,
Pour le chanter attendait le printemps.
Quand j'eus un songe, ô erreur enivrante!
Pour le redire où trouver des accents?
Je vis un dieu à l'aimable figure,
Sur un char d'or, au lion pour coursier :
Va, me dit-il, d'une voix douce et pure, } *bis.*
Prends cette lyre et chante l'ouvrier.

Va dans les champs et parcours la vallée,
Essuie les fronts baignés par la sueur;

Puis sur ta route, au pied d'un mausolée,
Fais à la veuve espérer le bonheur.
Au travailleur, qui forge sur l'enclume
La lance aiguë ou le lourd bouclier,
Dis que la paix éteint ce qu'il allume :
Prends cette lyre et chante l'ouvrier. } *bis.*

Va jusqu'au sein de la terre fertile,
Où l'ouvrier travaille loin du jour ;
Qu'à la lueur du flambeau qui scintille,
Il chante encor le travail et l'amour.
Puis le dimanche, en quittant sa retraite,
Qu'il retrouve la joie dans son foyer ;
Qu'en le voyant, ce jour soit une fête :
Prends cette lire et chante l'ouvrier. } *bis.*

LE PREMIER CHANT D'AMOUR.

Air de Charles-Quint.

Mon cœur, bercé d'une vaine chimère,
A l'avenir demandait le bonheur ;
Je l'ai cherché chez les grands de la terre,
Je l'ai cherché au chaume du pêcheur.
Chez l'un l'orgueil et chez l'autre l'envie,
Loin de leur toit bannissaient son séjour,
Quand Dieu te mit au chemin de ma vie,
Et c'est à toi mon premier chant d'amour. } *bis.*

Sous le palais où l'ennui le dévore,
Sous l'humble toit où le bonheur le fuit,
L'homme inconstant, d'une éternelle aurore
Fait bien souvent une éternelle nuit.
Moins envieux, sous ma pauvre chaumine,
Le crépuscule apporte un heureux jour ;
Près d'une amie ce beau jour se termine, } *bis.*
Et je redis mon premier chant d'amour.

L'ambitieux recherche en vain la gloire,
Obscur dédale où se perd l'insensé.
Que lui sert-il de marquer dans l'histoire,
Quand sur son front la mort aura passé ?
Qu'un vain héros brandissant sa bannière,
Sur l'ennemi fonde comme un vautour,
Moi, plus heureux, dans l'ombre et le mystère } *bis.*
Je redirai mon premier chant d'amour.

La Fête du Pasteur.

A M. F** F**.

Air de : *Venez, venez sur l'humble pierre.*

De votre vieux pasteur
Animez la retraite ;
Villageois, pour sa fête
Effeuillez chaque fleur.

D'un vin délicieux,
Chargez sa table austère ;
Il sera moins sévère
Pour vos refrains joyeux.

J'ai comme vous, dans ma jeunesse,
Connu joie, bonheur et maîtresse ;
Enfants, aujourd'hui je le veux,
Soyons joyeux,
Buvons de ce vin vieux.

Vos pères, de ma main
Ont reçu le baptême ;
J'ai consacré moi-même
Les nœuds de leur hymen.
Versez, versez, enfants ;
Ce vin, j'aime à le croire,
Reporte ma mémoire
Sur de plus heureux temps.
J'ai comme vous, etc.

J'ai fêté l'amitié,
Qui aide et qui console ;
Ma main donnait l'obole
Qu'attendait la pitié,
Et quand le voyageur
Frappait à ma chaumière,
J'ouvrais à sa prière,
Qui me portait bonheur.
J'ai comme vous, etc.

J'ai pressé le raisin
Au temps de la vendange,
Enfants que le vin change !
Je chantais un refrain.....
La nuit vient et l'amour
Frappe à mon cœur qu'il touche ;
Hélas ! et dans ma couche
Nous étions deux ce jour.
J'ai comme vous, etc.

Comme vous le plaisir
Animait mon jeune âge ;
Sans effroi j'envisage
L'heure où il faut mourir.
J'ai su vivre et aimer,
Soutenir qui succombe ;
Le pauvre, sur ma tombe
Parfois viendra pleurer.
J'ai comme vous, etc.

Fou d'Amour.

Air du Retour des Chansons.

O bon génie, ô muse qui m'inspire,
Sous ton regard je sens bondir mon cœur ;

Je veux chanter, chanter dans mon délire,
Nos doux instants passés dans le bonheur.
Quand sur ton front, d'où est banni l'orage,
Tu laisses prendre un baiser sans détour ;
Eh quoi ! tu veux que je sois le plus sage,
Quand tes attraits m'ont rendu fou d'amour. } bis.

L'astre du jour, qui encor étincelle,
Jette sur nous un regard en mourant.
N'entends-tu pas la douce tourterelle,
Dans le buisson soupirer tendrement ?
L'oiseau caché sous le discret feuillage,
De son bonheur chante le plus beau jour.
Eh quoi ! tu veux que je sois le plus sage,
Quand tes attraits m'ont rendu fou d'amour. } bis.

Tu cherches en vain à cacher dans ton âme
Le doux poison qui dévore ton cœur ;
Oui, je le vois, d'une soudaine flamme
Brillent tes yeux, tes yeux pleins de langueur.
Et quand ma main, sous ton joli corsage,
De tes appas découvre le contour,
Et quoi ! tu veux que je sois le plus sage,
Quand tes attraits m'ont rendu fou d'amour. } bis.

Le Roi des Goguettes.

Air de : *Gai, gai, de profundis.*

A M. F W**

Pour sceptre une marotte,
Pour trône un tabouret,
Pour palais une grotte,
Pour harangue un couplet.

Gai, gai, c'est notre roi,
Sans trône
Et sans couronne,
Gai, gai, c'est notre roi,
Amis, suivons sa loi.

Sa politique est franche,
Il aime la gaîté ;
Déjà il donne à Blanche
Le droit de primauté.   Gai, gai, etc.

De ses sujets, en père
Il protége les droits,
Et c'est au fond d'un verre
Qu'il va puiser ses lois.   Gai, gai, etc.

Un roi rendait justice
Sous un chêne touffu,
Au nôtre, moins novice,
L'ombre du cep a plu.　　Gai, gai, etc.

LE GÉNIE DU VÉSUVE.

Air de : *Mais pourquoi trembles-tu ?*

Dans les antres profonds du sinistre Vésuve,
N'apercevez-vous pas aux lueurs du volcan,
Une ombre s'échapper d'une brûlante étuve ?
Cette ombre est un démon, ministre de Satan. *(bis)*

REFRAIN.

Quand la nuit sur les eaux a répandu son voile,
Voyageur, passez vite et craignez son courroux,
Il sort de son repaire à la première étoile :
Malheur à l'être humain qui tombe sous ses
　　　　　　　　　　　　　　　[coups. *(bis)*.

Un nuage de feu s'échappe du cratère,
Et la lave enflammée engloutit le vallon,
Un sourire infernal fait tressaillir la terre,
Effraie l'hideux serpent et le craintif aiglon. *(bis)*.

Puis quand le fier palais, sous le bouillant bitume,
S'écroule et fait trouver la mort sous ses débris,
Son œil voit satisfait la flamme qui consume,
Son cœur est insensible aux lamentables cris. *(bis)*.

Pauvreté et Amour.

Air de mes Vingt ans.

J'entends d'ici son marteau qui résonne,
Sa voix chante l'hymne du travailleur ;
Du vieux manoir voilà l'airain qui sonne,
Il quittera bientôt son dur labeur.
Belles marquises, au sein de la richesse
Vous recherchez en vain un cœur constant ;
Et moi, qui suis pauvrette et sans noblesse, }
Je puis compter sur le cœur d'un amant. } *bis.*

Quand vient le soir, sous un riant ombrage
Nous reposant des fatigues du jour,
Nous nous causons des plaisirs de notre âge,
Puis nous parlons d'avenir et d'amour.
Dit-il qu'il m'aime, il n'a pas d'éloquence ;
Mais dans ses yeux, qu'il baisse tendrement,
Je lis l'amour et je lis la constance : }
Je puis compter sur le cœur d'un amant. } *bis*

Fuyez, fuyez, luxe et coquetterie,
Fortune, toi, passe sans t'arrêter ;
Heureux tous deux, pauvres et sans envie,
Le ciel nous aime et nous voit nous aimer.
Oui, j'aime mieux sous la toile grossière,
Ce cœur qui bat pour moi à chaque instant,
Que l'or, l'amour des puissants de la terre : ⎱ *bis.*
Je puis compter sur le cœur d'un amant.   ⎰

LES SONGES.

Air des Oiseaux du Fou.

REFRAIN.

Songes légers, pourquoi finir si vite,
Sur mon grabat, ô voltigez encor ;
Loin de la vie le sommeil vous invite,
Restez, restez, génies aux ailes d'or.

Quand le sommeil a fermé ma paupière,
Et que l'oubli a chassé tous mes maux,
Je rêve encore à l'amour d'une mère,
A mon village, aux jeux sous les ormeaux.

Parfois l'amour au printemps de mon âge,
Aime à porter mes souvenirs confus ;
En vain ma main veut toucher un nuage,
Spectre trompeur d'un printemps qui n'est plus.

J'erre parfois de montagne en montagne,
Sur des rochers où croît la pauvre fleur ;
Au loin j'entends la voix de ma compagne,
O bons génies prolongez mon erreur !

Déjà l'aurore lève son frais visage,
Et le sommeil s'envole doucement ;
Adieu mon rêve, adieu riante image,
Ce soir, hélas ! je dirai tristement :
Songes légers, etc.

LE CHATEAU DES FÉES.

Tradition ardennaise.

Air des Mousquetaires du Roi.

Pourquoi sur cette rive,
Rêver loin des amours,
Sous la légère ogive,
Sont de cruels vautours.
Loin du castel en ruine,
Fuyons, voici la nuit ;
Malheur à qui chemine
Sous ses murs à minuit. } *bis.*

Celui qui écoute,
Entend sous la voûte,
De plaintifs soupirs.
Le bruit d'une chaîne,
Parfois dans la plaine,
Se mêle aux zéphirs.
    Pourquoi, etc.

D'une souveraine,
A l'humeur hautaine,
Fut-il le séjour :
Serais-ce son âme?
Tiens, vois cette flamme.
Errer dans la tour.
    Pourquoi, etc,

On dit que d'un crime,
Parfois la victime,
Visite ces lieux.
L'ombre vagabonde,
Commence sa ronde
A pas ténébreux.
    Pourquoi, etc.

www.ingramcontent.com/pod-product-compliance
Ingram Content Group UK Ltd.
Pitfield, Milton Keynes, MK11 3LW, UK
UKHW021054120726
13693UKWH00006B/2627